KB042094

어떤 돌은 밤에 웃는다

시작시인선 0308 어떤 돌은 밤에 웃는다

1판 1쇄 펴낸날 2019년 11월 8일
지은이 김령
펴낸이 이재무
책임편집 박은정
편집디자인 민성돈, 장덕진
펴낸곳 (주)천년의시작
등록번호 제301-2012-033호
등록일자 2006년 1월 10일
주소 (03132) 서울시 종로구 삼일대로32길 36 운현신화타워 502호
전화 02-723-8668
팩스 02-723-8630
홈페이지 www.poempoem.com
이메일 poemsijak@hanmail.net

ⓒ김령, 2019, printed in Seoul, Korea

ISBN 978-89-6021-455-2 04810
     978-89-6021-069-1 04810(세트)

값 10,000원

＊이 책은 광주광역시 GWANGJU CITY , 광주문화재단 Gwangju Cultural Foundation 의 2019년도 지역문화예술특성화지원사업으로 지원받아 발간되었습니다.

어떤 돌은 밤에 웃는다

김령

천년의시작

눈앞의

소나무에나 마음 줄걸

어쩌자고 아름답기만 하고

잡히지도 않는 흰 구름에

차 례

시인의 말

제1부

꽃잎 떨어져 땅에 닿는 동안

벗나무 그늘 벤치
모르는 이가 앉아있다

의자 한쪽 조심스레
균형을 맞추듯 자리한다

고개 돌려 바라보고 싶지만
저울처럼 균형 잡힌 풍경

처음 만난 우리는 숨죽인 채

그녀는 하늘의 새를 보고
나는 잎을 흔드는 바람을 본다

그녀는 유모차의 아이를 보고
나는 유모차를 끄는 여인을 본다

부신 햇살이 다 사라질 때까지
저울의 양 끝

등 굽은 그녀 먼 눈빛으로 일어선다
몸속에 고인 수십 년 시간, 벤치 위로 쏟아진다

소녀들은 다 어디로 갔을까

플랜 B

계란부침에 매운 고추를 넣고 싶었다 고추가 없다 대신
양파를 넣는다 휴일 아침 일찍 일어나 숲길을 산책하고 싶
었으나 늦잠을 자고 아침을 때운다

그 자리에 가지 않았다면, 그때 널 붙잡았다면, 내가 더
노력했다면…… 무수한 그랬으면 뒤에 다른 선택을 한다

계단을 오르면 층층이 불이 켜지고 다시 꺼지듯, 직진 신
호등이 붉은색으로 바뀌면 망설임 없이 우회전하듯, 다른
선택이 물 흐르듯 뒤따르지

어떤 선택은 방화 셔터처럼 앞뒤를 막아 나아갈 수도 돌
아갈 수도 없지, 막힌 길 사이에서 다른 선택지는 없지

열세 살 어린 내 손을 잡고 유언을 하던 아버지에게 그것
은 어찌할 수 없는 플랜 B

신은 어쩌자고 플랜 B로 나를 태어나게 했을까?

문

집 안으로 들어서는데 딸깍, 걸리는 소리와 함께 문이 사라졌어요, 호흡이 가빠졌어요

출구를 만들고 문을 열면 순식간에 벽으로 변해 버리는 삶, 안에서도 밖에서도 열지 못하는 문, 사람들은 16층 3라인에 내가 갇혀있다는 걸 알게 될까요, 나를 기억할까요?

신문을 봅니다 이제 겨우 두 시간이 지났군요 언제 올지 모르는 식구들, 이러다가 수분을 다 빼앗겨 나는 박제가 되는 게 아닐까요, 한 번씩 문이었던 벽을 밀어봅니다 꿈쩍도 않습니다

사람들은 날 잊은 걸까요? 청소기를 돌립니다 다섯 시간이 지났군요 나뭇잎 사이, 바람이 잠시 머물다 새의 등을 타고 떠나갑니다

열 시간이 지나고 식구들은 문을 만들었습니다 반갑게 다가갔으나 식구들은 나를 알아보지 못합니다

어쩌면 나는 현관의 손잡이거나 자전거의 안장이거나, 누군가의 신발이 아니었을까

칫솔

칫솔모가 누웠다
오십이 넘은 나이, 경찰 간부직을 내려놓고 이혼을 선
언한 그녀

가난한 집안의 맏이로 동생들 뒷바라지하고, 아들딸 잘
키워냈다. 퇴근해서 락스 묻혀 걸레질하는 그 많은 날들 동
안, 새벽까지 공부하고 승진하는 동안

그 앞을 가로막은 단단한 이(齒), 어느 아침 그 벽 앞에서
항복한 것이다 다문 이 앞에서 스스로 누운 칫솔처럼

투항의 시기를 놓친 스물아홉 청년은 반지하 방에서 두
달 만에 발견되고
투항의 방법을 모르는 엄마는 어린 딸을 안고 사라졌다

한 면만 보이는 달처럼 웃는 얼굴만 요구하는
아주 작은 틈, 작은 다름조차 용납하지 않는

눈앞을 가로막는 흰 벽

구두

지금 나는 패배의 명백한 증거이다

반짝이는 유리 구두에 몸을 구겨 넣는 건 언제나 실패했
다 구두를 신고 호흡을 멈추어도 살은 끊임없이 삐져나왔다

물이었다면 나는 행복했을까 앙증맞은 구두에 꼭 맞는
물이었다면

잘했어, 조금만 더 노력하면 너는 구두에 꼭 맞는 몸을
갖게 될 거야

삐져나온 살을 깎아냈지요 피가 흐르고 고통스런 비명,
구두 안에 몸을 넣는 데 성공했어요 하룻밤이 지나자 살들
은 부풀은 반죽처럼 구두 바깥으로 흘러내렸어요

오른쪽을 조금만 깎으면 되겠어, 아니야 왼쪽을 자르는
게 낫겠어 아, 뒤꿈치를 더 미는 게 모양이 예쁘지 않겠니?

흘러나온 살을 다시 깎아내요 그러나 자고 나면 구두 밖
으로 넘치는 살, 구르는 돌을 따라 내려오고 다시 내려온

시시포스처럼

　너는 너무 눈치가 없어, 이제 알아서 할 때도 되지 않았니?

　요구는 끝도 없이 이어지죠 삐져나온 살을 깎고 조금만 더
노력하면 언젠가 나는, 구두에 꼭 맞는 몸을 갖게 될까요?

습지

불안과 공포는 전염된다

똬리를 틀고 있는 뱀을 밟았다는 누군가의 말에 물컹하고 섬뜩한 감촉이 발바닥에 전해진다 턱 밑까지 차오르는 물, 수문에 팔다리가 묶인 사람, 숨이 가빠온다

거대한 물결이 되어 흘러가는 사람들, 아무도 방향을 묻지 않는다 어설픈 회개와 영악한 간증처럼 사람들은 넘치도록 많다 흔한 것은 흔하다 흔한 것은 아무것도 아니다

바닥만 차있는 그릇을 보여 주기만 하면 된다 맹목적으로 달려들어 채우는 건 그들의 몫

질퍽하고 검은 땅은 양분도 많지 땅에 뿌리박은 것들 하늘을 가리고 잘도 자란다

머리에 띠를 두르고 아무리 높이 올라가도 눅눅한 습기, 보이지 않아서 막을 수도 없는

끈끈하고 찐득한 기분, 실체가 분명치 않다 나쁜 꿈을 꾸

고 난 아침처럼

탓할 대상조차 마땅치 않은

관계

자고 일어났는데 내 얼굴이 기억나지 않는다

욕실로 달려가 거울을 보았다 아까와 같은 얼굴인지 확신이 서지 않는다 최대한 정확하게 눈, 코, 입이 있는 자리에 알아보기 쉽게 표시를 한다 좀 더 친숙해 보이지만 확신은 금물!

만나는 사람마다 얼굴을 들이밀고 혹시 나를 아시나요, 물어보려는데 거울 속 얼굴이 낯설다 이 얼굴로 하루를 지내는 수밖에

아침에 눈을 뜨고 찬찬히 어제의 얼굴을 생각해 본다 어제의 얼굴이 기억나지 않는다

저들도 자기 얼굴을 잊어버린 게 아닐까?

전략을 바꾸어 슬픈 표정으로 다가간다 그는 슬픈 표정으로 공감하지만 내 질문을 들어줄 마음은 없다 다음 날은 화난 표정으로 그 다음 날은 무심한 표정의 얼굴로 바뀌지만

누구에게도 묻지 못한다

자고 일어나면 내 얼굴이 생각날지 몰라

까닭

욕망의 크기만큼 무거운 카펫, 베이킹 소다를 뿌리고 청소기로 흡입한다 다시 사용할 때까지 볕 좋은 날 소독하고 말려야 한다

혼자서는 할 수 없는 일

양쪽에서 작게 원을 그리며 말다 호흡이 어긋나면 다시 만다, 동시에 이쪽과 저쪽을 든다 우리가 가까워진 순간처럼, 온 힘을 다해 한쪽씩 부축하고 엘리베이터에 싣고, 철봉에 올려 볕을 쬔다

사월과 오월 사이

운동장 그늘 한켠, 밀린 신문을 읽다가 하늘을 보다가
남들은 카펫을 어떻게 말리나, 어떻게 보관하나

며칠째 눈도 마주치지 않다가 식탁에서
붙은 깻잎 무심코 젓가락으로 눌러주듯
힘을 합쳐 카펫을 옮기고

두 계절 동안 묶인 매듭을 풀고
두 계절 동안 풀린 매듭을 묶는다

내가 당신과 헤어지지 못하는 까닭

Del

잘못 내뱉은 말들을 지워준다는데

내 부끄러움과 아픈 날들
누구에게 부탁해야 하나

뿌연 안개 더미처럼
다리를 휘감는 수초처럼

놓아주지 않는 감정의 찌꺼기
Del key를 누른다

젊음을 유예하고 노년을 가불해서 살던 날
Ctrl+Z를 눌러 이전으로 되돌린다

내가 건너왔던 그 시간들은
0과 1로 이루어진 세상 어딘가
저장되어 있을까

어찌 알 수 있으랴

지금 이 삶이
이미 지우고 다시 쓰는 생인지

연두와 초록 사이

―내 입장에서 한 번만 생각해 봐

―나는 최선을 다했다고
내가 뭘 더 어떻게 해야 하는데

우리는 늘 입장이 달랐지

네가 너의 말을 할 때
나는 지나온 모든 기억을 떠올리고

내가 명치끝 돌덩이를 꺼내면
너는 문밖으로 나가 담배를 피웠지

내가 등 뒤에서 손을 뻗으면
너는 반 발자국 빠르게 등을 돌렸어

관계는 비가역적이지
오이는 피클이 될 수 있지만
피클은 오이가 될 수 없듯이

엔트로피는 증가하는 쪽으로만 변화하지
유리의 작은 실금, 틈이 벌어지고
둘 사이 물기 마르고 열기는 식어가지

너와 나, 고립된 계

화성으로 가는 편도 여행

'마스 원'이란 네덜란드 회사가 화성 정착민을 모집하고 있는데
넉 달 사이 지원자가 120여 나라에서 10만 명이 넘었다고 한다.
현재의 기술로는 돌아올 수 있는 방법이 없어 오직 편도만이
가능하고, 2023년에는 첫 정착민 4명이 먼저 떠난다고 한다.

신문에서 처음 당신의 이름을 보았을 때

나는 직감했지요

우리가 같은 별에서 여행하던 동반자라는 걸

우리는 손을 꼭 잡고 광활한 우주의 어둠을 넘어

잠시 쉴 별들을 찾아내곤 했지요

어느 날 지구 별 지나는 길

푸르고 아름다운 별에 마음 빼앗겨

당신의 손을 놓친 것이

나의 마지막 기억이었어요

당신은 예정대로 우리의 목적지까지 간 줄 알았지요

화성 여행자인 당신 이름을 발견하기 전까지

얼마나 자주 마음속 깊은 울음이 터져

돌돌 물소리로 흘렀는지

붉은 노을 속 날아가는 새를 볼 때마다

왜 가슴이 두근거려 몇 시간이고 주저앉아 있었는지

먼 데서 바람이 불어와 살갗을 간지를 때

왜 그토록 터질 듯한 기쁨으로 가슴이 벅차올랐는지

그때는 알지 못했어요

너무 흐릿해서 먼 전생의 꿈이려니 했지요

내가 잃어버린 더 오래전의 기억을 당신은 갖고 있나요

긴 인연의 끈 좇아 이렇게 떠나는 당신 보면서도

나를 둘러싼 인연의 줄 아직은 끊을 수 없는데

아, 당신 손잡고 지금은 떠날 수 없는데

그래도 당신 그 별에서 기다려주실래요?

여기는 삶의 가장자리 베란다이므로

빨래를 삶는다 베란다에 휴대용 버너를 놓고 삼순이 속을 비우고 습내 나는 수건을 욕심껏 넣는다 조심조심 넘치지 않을 정도만 넣고

센 불로 중불로 삶던 지난날로, 돌아가고 싶지 않다 푸르르 거품이 끓어오르고 넘지 않을 정도로만 불 조절하며 살아왔다 너에게도 꼭 한 걸음 전, 눈물이 차올라 넘치기 직전 멈췄다

옷장 속의 옷을 반만 버리고 김치통은 위치만 바뀐다 확신이 서면 발걸음을 뗀다 완벽한 삶이 시작되기 직전 언제나 딱 하나씩이 걸리는 삶, 바람 부는 쪽으로 우산을 받치고 웅덩이를 피해 걷는다 모퉁이들은 빙빙 돌아 몸을 숨긴다

비누 거품이 삼순이 통을 넘는다 나는 망설임 없이 가스레인지의 불을 힘주어 켠다

봄비 내리는 사이

청소기를 밀며 하루를 연다 동작과 동작 사이는 매끄럽고 속도는 일정하다 그 틈으로

비가 내린다 칼국수 먹자는 전화, 나는 정지 버튼을 누르듯 그대로 멈추고 칼국숫집을 찾는다

국수 가락은 자꾸 흘러내리고
빗줄기 틈은 미로처럼 복잡해서 맹세를 숨겨 두기 좋았다

꽃이 피는 마을 길을 걷는 동안 날이 갠다 산 그림자 가만히 내려와 어깨를 다독이다 물러간다 집으로 돌아온 나는 다시 일상을 잇는다

또 하루, 사는 연습을 한다

접시를 굴려서

접시를 보면 평평하게 펴고 싶어진다
평평하게 편 접시의 끝을 갈아 바다와 땅의 경계에
한 치 어긋남 없이 선을 긋고 싶다
선을 따라, 구불구불 해안선을 따라
남해안에서 부산을 거쳐 강릉, 청진, 나진까지
접시 날 세워 건너야지
해안선을 따라 우수리스크로 오호츠크해로
비자가 없어도 바다와 땅, 미세한 틈
접시를 굴리면 문제없겠지
균형을 잘 잡고
조심스레 접시 날 세워야지
바람도 정확히 두 조각나겠지
하늘은 재단하듯 반듯하게 잘릴 거야
이글거리는 해는 접시가 지나면 금방 붙겠지
누런 달은 울퉁불퉁 흔적도 남겠지
날을 세우고, 나는 세상의 가장자리
해안선을 따라 돌고 돌다가
처음 그 자리로 돌아올 거야
접시는 닳아서 보이지 않아도

제2부

명예인간

낙지, 오징어, 문어 같은 두족류가 명예 척추동물이 되었다지

지구의 중심까지, 그 반대편까지 긴 통로를 내고
중력의 방향으로, 반대편에서 다시 중심으로

나는 세상 속에 완벽하게 숨어든다

두족류는 대합조개, 굴 따위와 달리
정교한 신경계를 갖기 때문이라는데

명예교수, 명예시민은 언감생심
명예인간이나 꿈꾸어 보는

노루 한 마리 길동무할까
우리는 말이 통하지 않으니
대화가 필요 없겠지

깊고 어두운 통로
암실에서 뜬 눈을 다시 감았다 떠보듯

사막을 건너는 법

신발을 벗으며
자주 만졌던 현관 기둥
반들반들 쌓아 올린 손때
키가 자라지 않는 손자국

늘 가방을 두던 자리
나란한 책꽂이 사이
몸피가 늘어난 책 두어 권
고르게 내려앉은 먼지
먼지의 두께만큼 새김질한 기억

앉아있던 식탁
조금 틀어진 각도
시선이 머물렀던 등 뒤
돌아본다, 눈빛의 흔적이 없다
비어있는 앞자리를 보며
나는 음식을 오래 씹는다

싱크대에 그릇 넣는 걸 자주 잊는다
욕실, 네가 서있던 곳

위로 올라서서 이를 닦는다
발자국에 발을 포갠다
너의 발을 신는다

바람이 몸을 얻을 때까지

사과의 안쪽

마음이 닿는 순간

부패는 시작되지, 아무리 멀리 있어도

서로 닿는 곳부터 썩는 사과처럼

마음을 어디에 두나

겨울나무의 빈 가지 끝

지나는 새의 부리나 닦고 가도록

바람에나 흔들리며 말라가도록

백척간두와 진일보 사이

유리 조각 같은 눈이 쌓였다
화살표로 갈라진 세 개의 발가락
벼랑에서 끊겼다
새는 한 발자국 내디뎌
저세상으로 건너갔다

통장 잔고 이십칠 원을 남기고
B102 임 씨, 저세상으로 건너갔다

간절기

시험 앞둔 아이 위해
고기를 굽는다

붉은 살점을 후라이팬에 나란히 눕히고
살뜰히도 뒤집으며 통후추를 뿌린다

남의 숨에 기대어 연명한 목숨

고기 한 점마다
먹이사슬 꼭대기에 오르길 바라듯

표고버섯과 피망도 색깔별로
울긋불긋 버터 두르고 굽는다

어머니의 그 어머니의 손끝에서 뒤집히던
저 깊고 층층한 욕망의 사다리

사다리 위쪽에 다다랐으나
자랑이던 털가죽으로 위기에 몰린 눈표범처럼

출구도 없이

맹렬하게 달려드는 허기

입하 무렵

명치끝 눅눅한 습기, 악양 너른 들에
한나절쯤 말리면 꼬들해진다

산중에서 도망친 토끼처럼
눈 속에 머리만 숨긴 수꿩처럼, 쫓기는 날

한 발을 옮기면 발에 딸린 몸이 옮아가듯
눈빛이 내는 길, 따라가길 바랐으나

자주 길을 잃은 마음

바람과 햇살에 멋대로 늙어가는 나무와
바람보다 가벼운 발자국 찍으며 어슬렁거리는
늙은 시인의 구부정한 어깨를 떠올리면

이렇게 살아가도 괜찮을 것 같다

구불구불 흐르다 말다 하는
강물이 되어 살아도 괜찮을 것 같다

입하 바람에 씻나락 몰리듯
핏줄기가 온통 남으로 쏠리는

입하 무렵, 평사리에 간다

파도 소리 민박

예약도 없이 불쑥 찾아오는 손님

밤새도록 쓰 쓰 쓰억 싹
쓰린 이야기 풀어놓는다

포말 같은 다리 내놓고 마당 가득
출렁거리던 아이들 빠져나간 자리

파도 등줄기 닮은 근육을 가진 사내
돌아오지 않는 빈자리

파도 소리 묵어간다

파도는 마음을 열지 못하고
발목을 찰랑이다 무릎까지 가슴까지
밀려왔다 밀려간다

파도가 들려주는 얘기는 죄다 물에 젖어서
두 귀가 젖고 온몸에 물기가 밴다

파도는 파도 얘길 하고
아낙은 아낙 얘길 하는

바닷가 민박집
파도 소리만 묵어간다

그리고 하루

손에 닿는 모든 것들이 꺼칠하다

자꾸 오른쪽이 흘러내리는 백팩
깨어진 보도블록, 부러진 구두 굽

얼굴을 쓸어내리는 손과
마음이 떠난 입맞춤

입안에 맴도는 모든 것들이 꺼끄럽다

모서리, 사각, 아귀가 맞지 않는 서랍
국화, 탁자, 창틀의 붉은 녹
결별, 끝, 깨진 접시의 장미꽃 무늬

계단이라 믿었으나 허방을 디뎌
온몸이 휘청인다

찌푸려진 눈썹, 각진 얼굴
망설일 때마다 오른쪽으로 꺾이는 고개

발가락이 다 펴지지 못한 채
밤마다 잠이 든다

적자嫡子라고 주장한 적 없다

제발, 마주치지 않기를
그러나 도망치는 건 불가능하죠
이글거리는 눈빛, 좁혀 오는 포위망
증오와 공포로 누대를 벼린 칼날
송아지를 먹은 게 아니에요
난 아이를 가졌어요, 제발
난 아이를 가졌다고요, 아무리 외쳐도
당신에겐 닿지 않죠
나는 전생의 언어를 잊었어요

낮은 곳으로, 물처럼 기어서
캄캄한 지하 좁은 방, 어둠은
검은 테이프처럼 감겨서 한낮에도
끊어진 어둠 덩어리로 구르고
죽은 자가 산 자의 문상을 오는 방
땅속으로 쌓아가는 바벨탑

우리는 평화를 사랑하는 종족
바닥을 떠받치는 당신의 배후
아무리 바닥을 기고 몸을 낮추어도

이브를 유혹했다는 원죄의 굴레

살의는 뿌리가 깊고 견고하죠
끝내 뱃속을 파고드는 칼끝
빛을 보지 못한 백 명의 아이들*

* 마을 사람들은 송아지가 사라지자 유난히 배가 불룩한 거대뱀을 의
심하여 배를 갈랐다. 그러자 끈끈한 점액으로 가득찬 알 백여 개가
있었다고 한다.

간격

벤치 위 테이크아웃 커피 잔 두 개
손을 뻗어야 닿을락 말락, 놓여 있다

마지막 한 모금 넘기고도 일어서지 못한
너 가까워지지도 못한 두 잔의 거리
어둠 속 밤새 오간 이야기는
군데군데 얼룩으로 남아있다

얼굴을 맞댄 맨드라미처럼, 자운영처럼
구석진 곳 딱 붙어 나란하던 컵의 날들
커피가 식는지도 모르게 속삭이던 밀어
동그랗게 환해지던

유리창 환한 카페에 마주 앉아
각자의 스마트폰을 보는 연인들
한집에 동거하다 눈이 마주치면
느릿느릿 고개를 돌리는
개와 고양이의 시간을 지나

두 시 사십 분의 시침과 분침

얼마나 자주 멀어졌다 가까워졌을까

맞춤한 거리가 되기까지, 저 컵

장대

1

　우에무라 나오미*의 장대는 어디에 있을까 스물아홉의 나이에 최초로 오대륙 최고봉을 올랐던 그가 몽블랑을 오르다가 크레바스에 빠진 이후로 늘 들고 다녔다는 그 장대 말이다 맥킨리 정상에 올랐다가 훌쩍 저세상으로 건너간 그는 한 몸 같던 장대를 가지고 갈 수는 없었는데. 햇빛이 채 썬 무처럼 가늘게 쏟아져 내리는 오후에 문득 그리워진다 그의 장대는 어디에 있을까 어디에서 그의 온기를 기억하고 있을까

2

　푸르고 맑은 햇살 열일곱 명의 머리가 희끗한 중년의 남자들. 푸른 지느러미 달고 헤엄치던 기억을 좇아 회갑맞이 기념 동창 모임을 제주도로 나섰다 콩나무를 타고 하늘로 오르는 잭처럼 장대를 타고 구름 속까지 갈 수 있을 거라 믿었던 등허리 푸른 시절을 지나 요나의 고래 같은 배 속에서 기울였을 소주병들. 그것들은 퉁퉁 불은 손을 떠나 어디를 떠돌고 있을까

3

　기울어가는 배의 밑바닥 까마득히 높은 하늘. 엄마 아빠 여섯 살 다섯 살의 오누이가 새 출발을 위해 향하던 푸른 바닷길. 순식간에 빙그르르 발밑에 깔린 벽. 엄마 손에서 어린 오빠를 거쳐 낯선 손에서 손으로 건네지던 다섯 살 여동생. 그 긴 장대의 끝에 보이는 푸른 물방울 같은 하늘. 여섯 살 오빠의 손끝에서 순식간에 이어졌다 사라진 그 장대의 부러진 한 축은 어디에 이어져 있을까

* 우에무라 나오미: 일본 등산가. 1984년 맥킨리 단독 등정 후 하산길에 실종.

못줄의 매듭 같은 시간이 풀리면

나는 편의점 알바 시간이 좋아요
희디흰 빛살 가운데 서있으면
가슴속이 화안해져요, 문밖 어둠은
바람을 데리고 어느 사막 넘는 걸까요
편의점에 오는 사람들 얼굴에선
마른 모래가 떨어져요

아버지 달팽이 기어가듯 기침 토하고
달팽이 집 한 뼘씩 그늘을 만들던 엄마
가시 숲 맨몸으로 지나듯 쓰리고 좁은 길
몸을 작게 말면 하늘로 떠오를까요
기도하는 법을 다시 배우고
불을 끄지 못하고 잠든 밤
밤눈 어둔 신, 나를 찾을까요

아이들은 빨랫줄에 팔을 걸어두고
버스 세우듯 손을 흔들어요
귀를 맞댄 벽들이 소문을 퍼트리는 골목
콘크리트 타설하면 다리를 묻고 싶었어요
날개 대신 땅속으로 뿌리 내리면

하늘까지 뿌리 자라면
나의 나무에도 새가 앉을까요

그래도 동생은 공부를 잘했어요
언젠가 동생이 졸업을 하면
나는 버스 정류장을 그냥 지나칠 거예요

순천만에서

해 질 녘 갈대밭은 바람결 따라 눕는다
모여 앉은 물오리 바람결 따라 몸을 모으고
뻘밭의 숨구멍도 얼굴을 돌린다

바짝 엎드렸다 밀물 밀려들면
몸을 일으켜 다시 하루를 맞는다

바람이 부는 쪽으로 누울 수도 있다는 걸
그때는 알지 못했다
거센 물살 거슬러 목적지까지
다다르는 것만이 삶이라 믿었다

세찬 강물, 얼굴 내밀어 숨만 쉬고
한 시절 건널 수도 있다는 걸
그때는 알지 못했다
다시 일어서는 법을 몰랐다

온몸 경련 일도록 악물던 이
먼 곳 돌아와 갈대밭 물오리 옆
오므려 앉아 바람을 맞는다

새가 지나간 자리
새의 형상으로 가슴에 구멍 뚫렸다가
가장자리부터 서서히 메워져 온다

무너지는 무덤가에서

늙은 여인의 젖무덤처럼 흔적만 남은

그 옆에 나란히 누워
숨넘어가는 해를 본다

등산로 살짝 비켜 명당자리
인간의 마을을 눈 아래 두고

어쩌다 후손은 끊겨
이렇게 납작 엎드려있는가

봉긋한 욕망들
살아 나갈까 꾹꾹 떼로 덮고
아들 손주들 엎드렸으리

길고 시든 날들 사이, 발걸음 끊기고
질척한 욕망들 빠져나간 건기의 나날

가벼운 마음 곁에서 자꾸 떠오르는 몸
무덤 한 귀퉁이 발을 드밀어 버틴다

내게도 납작한 시간들이 찾아올 것이다
오늘 혹은 다른 오늘에

홍시

홍시를 저울에 올리자 온 방 안이 기우뚱 흔들린다 단맛
에 홀려 하루 몇 개씩 먹어치우던 홍시, 체중계 위 몸을 내
리고 홍시를 올린다 순간, 휴대폰의 긴 사이렌, 등에 업힌
아이를 추키어 업듯 땅 위에 업힌 것들 부르르 몸을 떤다

아침에 끓인 국 간이 맞지 않다고, 청소기를 누가 돌리
느냐, 화장실 청소를 누가 하느냐로 낯 붉히고 기껏 홍시의
칼로리나 재던 오후, 벼락같은 일갈이다 16층 아파트 방바
닥 머리카락을 줍고 얼룩을 닦던 사방의 벽, 송두리째 흔
들리는 오후다

현미경으로 바라보던 하루, 마음속 지진과 해일이 일면
바닥에 납작 엎드리곤 한다 물먹은 모래처럼 모르는 새 젖
고, 방심한 틈 발밑이 꺼지곤 한다

연습하고 대비해도 슬픔은 익숙해지지 않는다 무뎌졌으
리 싶으면, 언제고 몸을 뒤채어 패대기치는, 46억 년 지구
앞에서 인간의 나이를 헤아려본다 갈라진 홍시 틈, 붉은 상
처의 시간

제3부

새는 그림자를 찾으러 돌아올까

카지랑가 국립공원에선 멸종 위기 코뿔소를 보호하기 위해 움직이는 것은 경고도 없이 사살한다지 그렇게 20년간 106명의 원주민이 사냥당했다

꾸벅꾸벅 졸다 깜짝 놀란다 층간 소음에 유의해 달라는 관리 사무소 방송, 예고도 없이 튀어나온다 저 소리는 어느 층 사이 숨어있다 튀어나온 걸까

가지런한 톱니의 날들 사이로 부음은 징후도 없이 날아들지 은하철도를 타고 안드로메다까지 가고 싶었어

북극곰이 안간힘으로 쇄빙선을 미는 동안 지구에서 39광년 거리, 지구의 일곱 쌍둥이별은 트라피스트 항성을 돈다

사람들이 얼마나 줄면 코뿔소는 인간을 멸종위기종으로 보호할까

새가 그림자를 떨어트리고 간다

여기

두 번이나 헛걸음한 먼 데 사는 자식들
문밖에 대기하고 있으나
이미 유언도 다 마쳤으나

연착한 기차처럼 죽음이 아직 오지 않은
그 틈새 같은 시간

아주 안 오는 것은 아니어서
분명히 오기는 올 것이어서
이러지도 저러지도 못하는

적의 등 뒤, 숨죽인 발등을
천천히 지나는 뱀의 허리
속수무책 바라볼 수밖에 없듯

길고 눅눅한 시간의 더께

머리 위로 치켜든 아버지의 손
둘러싼 사람들 시선에 떠밀려
내릴 수도 없는 쓸쓸한 눈빛 같은

어머니 머리 살짝 비켜 던지던
느리게 떨어지는 돌의 포물선 같은

남아있는 시간의 무게

보이저 1호*

오월이었어
쇠리쇠리한 햇살 사이
너는 푸른 웃음으로 스쳐 지나고

잠깐의 눈길로, 태양을 따라 도는 지구처럼
너의 중력장 안에 머물렀지

봄꽃을 함께 보았고
폭우를 피해 처마 밑 이마를 맞댔지

툇마루의 실금 같은 날들 흐르고
중력장에서 이탈하는 날들

늘어진 고무줄 탄성을 잃듯
추락의 위기도 많아졌지, 알고 있어
그 어떤 것도, 단 한순간도
되돌릴 수 없다는 걸

보이저 1호가 시속 6만 킬로로 멀어져만 가듯
우리의 사랑도 식어가는 쪽으로만 변화한다는 걸

언젠가 시간이 직선으로만 흐르지 않는 때가 오면
보이저 1호는 다시 우리 곁으로 돌아오게 될까

저 먼 우주의 어둠 속을 떠돌다 돌다
불현듯 해후하게 될까

* 보이저 1호: 목성과 토성 등을 탐사하기 위해 1977년 발사된 미국의
무인 우주 탐사선. 2013년 9월 12일 태양계를 완전히 벗어남.

토정비결을 보는 밤

새해를 앞두고 깊은 밤에 깨어 토정 선생께 비법을 묻는다
깜깜한 화면을 밝히고 공손하고 간절한 마음으로

어머니의 흐린 기억에 의지해 출생 시각까지 입력한다
대답이 시원찮으면 해 뜰 무렵이라는 어머니의 기억을 늘
려 시각을 조정한다

총론
– 좁은 우물에서 벗어나 넓은 세상으로 나아가게 될 것이니 더 멀
리 보는 눈을 가지셔야 합니다. 월성이 귀인이 되어 대문을 열
고 들어오니 뜻한 바가 변화무쌍하게 전개되고 일의 풀림이 참
으로 큰 시기입니다.

아, 선생님 감사합니다 이제 된 거죠? 밤을 새워 울었던
집, 베란다에서 바라보던 그 깜깜한 높이, 숨이 쉬어지지 않
던 좁은 우물에서 벗어나 제가 결국은 다 잘된다는 거잖아요?
이만하면 괜찮은 거죠, 그럼요 다 잘되려고 그런 거잖아요

재물운
– 가정에 재물이 들어오면서 얽혔던 문제들이 쉽게 해결되고 가정

의 화목과 평안이 시작될 것입니다. 횡재를 탐하면 얻을 것이 없으나 노력하여 허사가 되는 재물은 없습니다.

정말 노력만 하면 괜찮을까요? 팔면 오르는 집처럼 행운은 자주 뒤통수를 치고, 횡재 같은 거 눈길도 주지 않은 걸요. 재물은 화목과 평안을 불러올까요?

이성 및 대인 관계

－이성과의 애정이 각별하니 연인이나 배우자와의 정이 두터워질 것입니다. 다만 기혼자들 중 바깥으로 활동하시는 분은 마음에 둔 다른 이성을 만날 수도 있으니 괜한 정을 주는 일이 없도록 주의하시기 바랍니다.

선생님, 괜한 정을 주지 말라는 건 표현하지 말라는 말씀이시죠? 아무도 모르게, 저도 모르게 나도 모르게 좋아하는 건 봐주시는 거죠? 어차피 사랑은 매 순간 어긋남이니, 잠깐은 봐주시는 거죠? 아무도 사랑하지 않는 하루는 너무 길잖아요

서커스 소녀가 허리를 꺾어 만든 슬픈 동그라미 같은 밤

잠수함의 토끼

제발 나를 보내주세요
숨이 막혀요
그 옛날 용궁에서 도망쳐 온 뒤로
다시는 허황된 꿈, 꾸지 않았어요
살아서 머리에 치장도 하지 않았고
붉은 옷은 꿈도 꾸지 않았지요
두 발로 땅을 딛고
종일 쉼 없이 뛰어 배를 채웠죠
두 귀 쫑긋 불안한 밤 지샐 뿐, 나는
항거도 원망도 모의도 하지 못했지요

내가 할 수 있는 유일한 것은
선홍빛 펄떡이는 간을 키우지 않는 것
싱싱한 푸른 간의 유혹이 꿈틀거릴 때마다
더욱 탁하고 검은빛 작은 간을 만들었지요
그 누구도 나의 간을 탐내지 않도록
다시는 나의 생명을 위협하지 않도록

나에게는 이제 당신이 탐내는 간이 없어요
수천 년 동안, 그리고 이후로도

그러니 제발 나를 보내주세요

저 바닷가 햇볕 바른 바위 위로

깊고 푸른 숲속 한가운데로

* 토끼는 산소의 함량이 적으면 가장 먼저 반응을 보이기 때문에 잠수
  함에는 토끼를 함께 싣는다고 한다.

우리가 언젠가

골목길 깡통 모서리에 햇빛이 베인다

녹슬어 반쯤 입을 벌린 빈 통조림통
깊고 푸른 바다를 헤엄치던 몸의 기억

뼈와 살이 발리고 좁고 답답한 통 속 거쳐
길고 허기진 목구멍

더 오래전, 세포 하나에서
아가미와 지느러미가 생기기까지

문득 내가 태어난 검은 구멍
길게 그림자 당겨본다

백사십억 년 전 점 하나
가스 덩어리 뭉쳐 뜨거운 별

바닷가 물 한 방울에서
통조림 속 꽁치와 한 몸으로

조금씩 한 걸음씩 멀어지던
깃털 같은 나날들 지나와 다음 생에는

두 발이었다가 네 발이었다가
먹이였다가 포식자였다가

적으로 동지로 맹렬하게 이어져 온 인연
몸이 기억하는 저 질긴 목숨

달력에 없는 하루

빙판길 위태롭게 손을 잡고 가던 연인이 넘어진다
연인들 서로를 일으켜 세우며 까르르 웃는다

그녀 웃으며 오른쪽으로 고개 돌린다
건너편 가게 간판만이 눈에 띈다

심호흡을 하고 그녀, 횡단보도 앞에 서있다
길을 건너는 사람들 따라 건넌다
길을 건너면서 길을 잃는다

그가 자주 앉던 구석진 자리 보며 문을 밀다가
멈칫, 멈추어 선다

그와 함께 돌았던 행성의 궤도를 돈다
이 별 또한 궤도를 지나왔으니
똑같은 발자국을 찍는 건 불가능한 일

혼자 들어간 뷔페에서 건너편 의자에 옷을 걸어두고
명랑한 표정으로 밥을 먹으며

그녀는 지금 이별하는 중이다

어둠은 떼로 몰려

센서 등이 켜졌다 꺼진다
이번에도 문은 열리지 않는다

그에게 쌀가루 같은 문자를 보낸다
끊어진 길을 찾아가느라 헤맸을까
한참 후 돌아온 대답이 지쳐있다

세상에 태어나 내뱉은 첫 숨
상장을 안고 집으로 뛰어가던 날의 가쁜 호흡
비 내린 오후 슬금슬금 마을로 기어오던 안개
오래된 물 내를 닮은 층층한 냄새들

가랑비처럼 메워지는 어둠

마주 보며 쏘아대던 증오의 눈빛, 독설들
서로의 등에 꽂았던 비수의 시간들은
막대기와 돌멩이를 품고 얼어붙은 강물로

밤이면 어둠도 군데군데 떼로 몰려
골목은 얼룩진 어둠, 강물처럼 깊다

부서지는 빛가루에 답장을 담아 보내는 저녁

기차를 타고

—우리 열차는 잠시 후 계룡역에 도착합니다

꿈결에 들던 목소리
잠의 깊은 터널에 있는 날 쑥, 끄집어낸다

이동한 공간만큼 이동한 시간
멀리서 보는 마을은 평화롭고 고요하다

—우리 열차는 잠시 후 강경역에 도착합니다
미리 준비하시기 바랍니다

빨리 감기로 저장되었으나 인출의 필요를 느끼지 않는
매뉴얼대로 흘러온 시간들

도서관 파리한 불빛, 밤늦은 골목길
지하철과 버스, 한 치 어긋남 없는

—우리 열차는 잠시 후 김제역에 도착합니다

징게맹게 평야, 하루는 꼬리를 물고 이어지고

영혼은 부표처럼 몸속에 깃들지 못한다

횡단보도 줄금을 세다 옆 사람 따라 발을 옮기고
지하철 입구로 줄줄이 토해지는 인파

―잠시 후 우리 열차는 목적지인 송정역에 도착합니다
안녕히 돌아가십시오

안녕히, 아무의 눈에도 띄지 않는 존재였으면
작고 동그란 돌멩이처럼

아침 해가 뜨면 웅크린 것들은 기지개를 켤까

우즈베키스탄 아랄해는 육지 속의 바다
소금 먼지만이 가득한 배들의 무덤

군데군데 웅크린 배
낡은 우물가 깨진 바가지처럼
골목을 떠돌던 소문처럼

산등성이도 바위도 눈을 감고 엎드린다, 수만 년 전
이 땅에 정착한 이도 저 산맥 넘었겠지
밤이면 웅크리고 잠들었겠지
짐 보따리 같은 새끼들 데리고
더러는 돌덩이로 아직도 웅크리고 있다

간절한 기도는 언제나 둥근 자세

사과 속 애벌레 둥글게 몸을 말고
새들도 웅크린 채 알을 품는다
초승달 하늘 한켠 웅크리고
지구도 둥글게 웅크린다

아침 해가 뜨고 엎드린 산, 허리를 펴면
웅크린 것들 기지개를 켤까

붉은 얼룩

모래를 적시는 물처럼
꽃그늘은 집요하게 번져온다

위로받기 위해 찾아갔으나
더 큰 슬픔을 내밀어
말도 꺼내지 못하고 일어선 것처럼

백 일을 겹친 그늘 아래 앉았다 일어서면
자꾸만 뒤가 돌아보아진다

얼마나 한이 깊으면 백 일을 붉나

옅었다 짙어진 그늘에
날개를 다친 새와
물을 떠난 지 오랜 조개껍질과
날다가 지친 바람이 머문다

둥글게 오려진 그늘섬

어떤 날은 홀로 독차지하고

어떤 날은 늙은 개와 나눈다

눈곱 가득한 눈으로 그늘 한쪽을 점령한 개는
전생에 내 어머니였을지도 몰라

그늘을 털고 나오자
온몸에 번지는 붉은 얼룩

지진

아주 잠깐 몸이 흔들렸어
먼 나라에서 지진이 났다고 했어
아, 다행이야
안심이 된 나는 살짝 뛰어보았지
작은 실금이 생겼어
믿어지지 않아서 더 높게 뛰었어
틈이 조금 더 벌어졌어
한 발을 밀어 넣어보았지
꼭 그만큼 땅이 벌어졌어
깜짝 놀라 허우적거리자 늪에 빠지듯
내 몸의 곡선으로 땅이 파이고
가슴까지 잠기게 되었지
지나던 이가 무심코 내 머릴 밟자
그의 몸무게만큼 가라앉았어
목만 겨우 내놓은 나는, 돌처럼 보여서
사람들은 거리낌 없이 밟고 다녔지

아, 내가 밟은 돌이
누군가의 머리였다니!

봄밤

가볍고 가벼워 떠도는 것들
흩날린다

바닥에 스며든 물처럼
형체를 남기지 않고

산책 나온 부유하는 영혼들

밤의 부스러기
밤의 살비듬
사람들

슬프다고
한 번도 말하지 못한 것들
죄다 진다

발밑은 언제 꺼지는가

어떤 돌은 밤에 웃는다

나는 죽어서
꿈에 아름다운 여인이 되었다
눈썹은 까맣고 피부는 하얗고
많은 사람들 사이에 섞여서 편안했다

다시 태어나고 싶지 않았으나
그만큼의 가벼움을 얻지 못했다
언제나 고개가 십오 도쯤 치켜진 채
먼 곳을 향해 있었다

저녁을 먹고 내일 다시 놀러오듯이
빈손으로 일어서고 싶었으나
무람없는 욕망이 먼저 신발을 신었다

죽어서 나무가 되고 싶었으나
마음은 한시도 제자리에 머물지 않았다
바라보는 순간 이미 모습을 바꾸는
쿼크 입자처럼

나는 죽어서 아름다운 여인이 되었다

꿈속에서도 만족해하며
전생을 한 번도 떠올리지 않았다

제4부

깨 두어 되

아이고 보험회사요? 아 긍께 올사말고 깨가 잘돼서 샘우게 밭에서 니아까에다 깨를 싣고 내려오다 거가 비탈져서 다리에 힘이 없응께 좀 찍었단 말이요 그때는 그리 어채 안 아퍼서 전딜 만했는디, 담날부터 영 아퍼서 읍내로 침 맞으러 댕김시롱 말 안 할라고 했는디, 나중에는 화장실도 못 가고 기어 댕겨서 동네 사람이 큰딸한테 전화를 해서 병원에 안 갔소 애들이 하도 일하지 말라고 해서 일하다 다쳤다고 하면 또 뭐라 해쌀까 시퍼서 첨에 니아까에서 다쳤단 말을 안 했지라 근디 척추뼈가 부러졌다 안 하요 수술하고 살만해져서 딴 병원 옮겼는디 간호사가 물어봉께 강 니아까에 찍었단 말을 했등마 보험회사서 돈이 나온다 안 허요 이백 몇십만 원이 나온다고라? 아이고 미안해서 어차끄나 저번에도 물팍 수술해서 또 돈을 많이 받었는디 미안해서, 글지 말고 주소라도 좀 불러주시오 나가 줄 건 없고 깨라도 한 두어 되 볶아서 보내줄랑게 사 먹는 거하고는 다르제 아 그라지 말고 불러주씨요 돈 받은 것도 아니고 어찰랍디여 정인디, 나가 미안해서 안 그요 쩌번에도 받었는디 또 어채 염치가 없이 타끄요? 어디 산지도 모르고 갖다줄 수도 없고 어차까잉?

호모 사피엔스 사피엔스

우리 조상은 호모 사피엔스 사피엔스
더 가까운 조상은 김해에 터 잡은 김씨
중간에 김씨는 이씨와 결혼하고 그 후손은
주씨와 결혼하고 그 후손은 최씨와
또 박씨와 정씨와 또 모씨와
김해 김씨 피가 5g도 안될지라도

김문호*는 누구 핏줄이라 우겨볼 언덕이 없었다 1961년
생 추정, 성은 김씨로 추정, 확실한 것은 가난과 구멍 난 폐
뿐이었다 이 땅에 존재해도 된다는 증명을 얻기 위해 그는
최초의 한양 김씨 시조가 되었다 2008년부터 한양 김씨 시
조로 7년을 살았으나 후손을 남기지 못했다
　강봉수**는 번지 미상 부모 미상에게서 태어나 보육원
앞에서 발견되었다 원장의 조각난 기억들로 이름을 얻었으
나 이 땅에 자신을 증명해 줄 적籍이 없었다 초등학교를 졸
업하고 보육원에서 나왔다 폐지 줍던 최 씨가 불쌍히 여겨
거두었으나 입양 절차는 없었다 그는 2004년 한양 강씨 시
조가 되어 일가를 이룰 권리를 얻었으나 끝내 일가를 이루
지 못했다

내 핏줄기의 핏줄기를 타고 올라가 뿌리를 남기지 못한 시조를 만난다 머리통 하나에 사방에 네 개의 눈 여덟 개의 팔다리, 네 다리로 달리다가 두 발로 달린다 세렝게티의 넓은 초원을 사자와 더불어 춤을 추듯 내달리다 때가 되면 기꺼이 사자의 먹이로 팔 하나씩 내미는, 바람의 갈기를 온몸으로 쓰다듬다 바람에게도 팔 하나 떼어 주고 구름에게도, 물가의 악어에게도 팔 하나씩 떼어 주었다 그는 당대에 멸종하였다

　　강한 종은 살아남아 시조가 되었다

*, ** 『한겨레21』 이문영의 '가난의 경로' 중.

실종

신천댁이 사라졌다

사흘 전까지 웃으며 고기도 드시고
아무런 조짐이 없었다고 하지만
십수 년 전 영감이 사라지고 나서
아니 그 이전 고물고물한 아이들의 젊은 엄마일 때
설거지물을 텃밭에 뿌리러 나올 때면
가끔씩 검은 머리와 눈썹이 흐릿해지는 것을 보았다
그러다가 일곱이나 되는 아이들과 그 친구들
대청마루에 북적일 때면 단박에
선명한 색으로 돌아오곤 했다

그 간격이 너무 멀어 처음엔 눈치채지 못했지만
새날을 헐어낼수록 새 밤을 흘려보낼수록
온몸의 빛깔이 옅어지기 시작했다
홀로 빈집에서 벽 속으로 스며들었다가
마당 들어서며 부르면 느릿느릿 걸어 나오곤 했다

형체가 사라지고 실루엣으로만 보이는 날이 늘어갔다
명절이나 휴가철 자식들 들르는 날엔

온전한 모습으로 돌아와 지내다가
옷감의 물이 빠지듯 온몸의 색이 바랬다
벽 속으로 사라지는 날이 잦아지고
옅은 회색빛을 띠다가 허공에서 불쑥
한 팔이 솟아나곤 했다

일 년 전 작은딸이 부산으로 모셔 갔을 때
실루엣만이 따라갔다가 한참 후
겨우겨우 뒤따라갔다는 이야기도 들렸다
다시 고향 집 돌아와 한 달 후

신천댁 벽 속으로 들어가 나오지 않았다

세습

집이 뿌리째 뽑혔다 어금니처럼 움푹 들어가 박혔던 조부의 서 말가웃 집터, 아비 빠져나오려 혼신을 다했으나 들썩거리는 것으로 그쳤던 집, 포클레인 이빨 근들근들 마지막 뿌리 물고 있다 기어이 검은 밑구멍 보인다

엉거주춤한 대들보, 야윈 기둥 쏟아지는 햇살에 민몸 드러낸다 거멓게 손때 묻은, 아비를 따라 수없이 들썩였을 검은 뿌리, 기둥 저 안쪽 열너댓 살의 나이테, 날마다 한 걸음씩 벗어나 부산으로 떠나며 자꾸 돌아보는 뒷모습 비친다

초겨울 해 질 녘, 꽃도 없이 아비는 병든 밑동으로 들어왔다 마른 가지 사이로 별이 숨는다 버스가 덜컹일 때마다 재발한 늑막염으로 구멍 난 옆구리, 누런 고름 울컥 눈물을 쏟는다 감자알 같은 다섯 남매, 나무로 붙박인 아비는 자식들이 꽃씨로 날아가길 바랐다.

예순 넘은 아버지는 광양 어디 공장에 경비 일자리를 얻어 갔다 평생 처음 부쳐 온 월급, 어머니 화색이 돌았다 공장은 이사를 하고 삽을 멘 아버지 논물에 비쳐 땅 그림으로 새겨진다 새 떼들 땅 그림 물고 저녁 하늘을 날고 아버지 기

둥 속에 집을 짓고 다시 나오지 않았다 기둥을 의지하던 벽
이 쓰러졌다.

옛집

옛집은 수십 년 잉태했던 사람들을 낳았지

배꼽에 투명한 끈을 달고 벌써 논에 다녀오신 아버지와 도마질을 하는 어머니의 드문드문 노랫가락 같은 말소리, 부엌에선 달그락거리며 된장국 끓는 냄새, 솔잎에 얼굴을 씻은 햇살은 온 동네 지붕마다 솔 향을 뿌려대고 먼저 잠이 깬 나에게 어머니는 볼 붉은 홍시 살짝, 손 위에 올려주었지 장날이면 하굣길 들길에서 들려오던 술 취한 어른들 고함 소리, 다음 장날은 또 누구랑 싸웠는지 우리는 누구 편을 들어야 하는지 헷갈렸던 날들의 꼬리 길던 소리, 저녁 밥 짓는 연기 속으로 아슴아슴 스며들던 잠꼬대 같은 소리들, 성이 다른 숟가락 한둘쯤은 끼어 늘 붐비던 집 안, 배꼽에 탯줄을 단 사람들의 잦은 발길로 엉켰다 풀렸다 골목길은 훈기가 돌았지

사람들은 탯줄 달고 동구를 벗어나 가까운 곳에 더러는 먼 곳에 뿌리를 내렸어 아아, 어쩌다 탯줄이 끊겨 영영 돌아오지 못한 사람도 있었지 날이 갈수록 훈기를 빼앗긴 집들은 시커먼 얼굴로 한 줌 양분까지 짜내어 멀리로 보냈지

그 향기에 이끌려 하나둘 옛집으로 돌아오지

산과 산 사이 책갈피처럼 꼬옥 낀 집

가볍고 가벼운

새벽 안개 속
화섬댁 리어카 끌고 물질 나선다
숨을 참고 병과 박스를 건져 올린다
오래 머문 곳은 어디나 집이 되어서
빈 병은 자꾸 손을 뿌리치고
박스는 바닥에 납작 엎드린다
그녀의 생에서 빠져나간 이름들
가만가만 온기 보태어 묶으면
주름진 손 고랑을 채우는 바람

등대이던 아들 따라 뭍으로 온 화섬댁
숨비소리 같은 아들 떠나고
리어카는 온기를 잃었다
인적 끊긴 해거름 녘
골목길 깡통에 세 든 노을
대문을 기웃거린다

그녀 마른기침으로 물질 나간 날
바다 한가운데 갇혔다
조금 더 가면 저기 부표인데

화섬댁 하늘로 날아오르고
바닥엔 흰 새 한 마리
한 호흡만 참았다면, 그녀
그리던 섬에 닿았을까

물결이 모래 그림 지우듯
바퀴는 새의 날개를 넘나든다
잠시 드러났던 바닥
다시 밀물 차오른다

그리운 꽃섬
그녀, 도착했을까

여름

*

동네 한가운데 양만이 오빠네 기와집 대문간엔 사다리 타고 오르는 대청마루 높았지요 그 대청마루엔 처녀 총각들 올라서 까르륵 웃음소리 자지러지고 우리는 목을 빼고 훔쳐만 보았어요 처녀 총각들 검은 봉지에 먹을 것을 나르고 늦은 밤까지 노랫소리 드높았지요 우리는 하릴없이 떨어지는 풋감만 주웠어요

*

대청마루 아래 그득하던 신발은 주인을 데리고 서울로 부산으로 떠났어요 우리도 단감나무 그늘에 꿈을 새겨두고 하나둘 그늘을 벗어났어요 오랜 시간이 흐르고 신발은 주인을 데리고 다시 감나무 그늘로 돌아왔어요 힘찬 발걸음으로 혹은 질질 끄는 걸음으로 종잇장처럼 얇아진 주인을 데리고

*

쌍꺼풀 진 눈이 소를 닮았던, 공고를 나와서 기름밥 먹으면서도 웃는 소리 잘해서 인기가 많던 양만이 오빠, 장마 때 까지목에서 떠내려가던 내 신발을 건져주던, 양계장 바케스에 계란 한가득 쪄 와서는 먹으면서 공부하라고 등을

102

두드려주던, 눈이 순하던 색시를 만나 어린 딸 낳고 누렇던 얼굴에 화색이 돌던 양수 오빠, 웃음소리와 음식을 담 너머로 자주 넘기던 양수 오빠네 엄마도 젊어서 얼굴이 노오랬다고, 아들 삼 형제 누런 얼굴로 거짓말처럼 사다리 타고 어머니를 따라 올라갔다고 동네 아주머니들 코 힝 풀어 치마에 닦으며 눈물을 훔쳤던가

*

　먼 곳 떠돌다 구름 위까지 올라간 신발은 어느 날 비와 함께 떨어질까요 지금 멀리서 느릿느릿 오는 신발은 그때쯤 함께 올 수 있을까요 그날 대청마루에서 눈부시게 빛나던 그 많던 시간들은 어디에 차곡차곡 쌓여 있는 걸까요 감나무 그늘은 헐거워지고 푸른 감은 자꾸만 떨어지는데 미련도 없이 떨어지는데, 매미는 자지러지게 울고

죽을 돈

죽을 돈을 헐었다
매달 십만 원씩 꼬박꼬박 붓던 적금
닭의 종아리처럼 가파르고 앙상한 다리
종종걸음으로 늘 허공에 떠있던 발뒤꿈치
겨우내 엄마의 잠 대신 늘어가던 숫자
김 공장은 그만 다니세요 무릎 아픈데
취나물은 그만하세요, 만류에도
통장의 개수 줄지 않았다
닳아지는 무릎뼈만큼 늘어나는 제목의 돈

가끔씩 집으로 가는 길을 헤맨다
순식간에 수십 년 길 잘라내기도 한다
길을 헤매는 동안에도
죽을 돈 해야 한다고 곤드레를 심는다
갈 때 자식들한테 짐은 안 돼야지
날 보러 오는 사람들 밥 한 그릇은
내 손으로 대접해야지 하던 어머니의 통장
큰아들 장가 밑천으로 헐렸다

아, 이제 괜찮을 것이다 앞으로 십 년은
죽을 돈이 없어서 어머니 괜찮을 것이다

우리 동네 만구

만칠이 동생 만구
울산 어디서 중장비 운전으로 시작해
지금은 사장이 되었다는

성공해서 혼자 사는 엄니
지능이 일곱 살에 멈춰진 큰형님 위해
쉬는 날이면 곧잘 반찬을 장만해 와서
이웃집 울 엄마까지 푸지게 먹는다고
—즈그 엄마 산 지사*를 지낼랑가
고흥서 메찬을 다 장만해 온당께
민어랑 병어랑 생선을 굽고 돼지갈비 재 오고
그 덕분에 나가 잘 묵었다고
시골 고등학교 가출해서는
벌교서 짜장면 배달하는 거 잡아 와서
겨우 졸업시켜 논께
그것이 이렇게 효자 노릇할지 누가 알았겠냐고

* 산 지사: 살아있는 제사.

흐린 날

흐르는 강물을 바라보고 난 저녁이면 꿈속으로 온갖 물귀신이 찾아온다 늘어진 고무처럼 발은 진흙에 붙어서 허우적대고 악다구니를 쓸수록 목소리는 움츠러든다

새들이 떨구고 간 그림자, 형체도 없이 흔적만 남은 부끄러움은 몸속 멍으로 스몄다 지나온 죄 성실히 고백하면 수초는 발목을 놓아줄까

용수네 엄마가 신발 두 짝을 벗어두고 걸어 들어갔다는 저수지, 날이 흐리면 지나가는 사람을 불러들였다 물속으로 들어간 사람들은 풀숲에 신발을 가지런히 벗어두었지

내 신발도 저수지에 나를 버려 흐린 날 자꾸 물가로 간다

흐린 거리, 발목 없는 신발들 나란하다

심심함에 대하여

내가 태어나기 전 잠시 머물렀던
진공처럼 텅 빈 공간

옅은 안개 냄새, 회색 섞인 흰
음식으로 치면 간이 슴슴한

심심하다는 말

염색한 옷감 천천히 물이 빠지듯
아집도 독선도 빛이 바래지

사람들 사이 심심함을 부어두면
강물처럼 찰랑이는 여백

사공도 배도 없는 빈 나루터
늙은 시인의 한나절

심심한 시간

내가 저세상에 이르기 전 거치는

이토록 황홀한

기일 즈음

꿈속에서도 마음에 들지 않아
타임 슬립처럼 자꾸 결말을 바꾸어 꾼다
꿈의 끝마다 아프고 아프다

아스팔트에 몸을 뉘던 꽃잎
살짝 뒤채어 풀숲에 내려앉듯, 그날
퇴근길 찍혔던 부재중 전화를 받았다면
너는 삶 쪽에 안착했을까

감잎 아래서 야무진 꿈을 말하던
넌 소읍의 성공한 동창이었지

홀어머니의 육 남매 중 막내
대도시로 유학 온 열일곱 살
영양실조로 쓰러지기도 했었지

일주일간 한마디도 않던 때가 있었다고
삼십 년이 지나서야 털어놓았지

아내와의 지나간 불화를 얘기할 때도

누구나 한두 개쯤 간직한
생존의 흉터라고 믿었지

어떤 상처들이 영원히 아물지 못하는 걸까

사월은 바람도 아래서부터 일어
여린 감나무잎, 하늘 향해 살짝 팔을 쳐든다

그곳에서 평안하니?

지는 꽃잎에 편지 보내기엔
참 멀구나, 너 있는 곳

이렇게 또 한차례 시간이 흐르면

졸업하고 이십 년 만에 모인 동기들, 뻔한 이야기들이 오고 또 간다 넌 변한 게 없구나, 그대로네. 스무 살의 우리를 돌아보며 한바탕의 수다가 끝나고 자리를 옮긴다

햇살 좋은 창가에 앉아 우리는 아이의 식습관에 대해서, 일하는 것과 집안일을 병행하는 것의 어려움에 대해서, 해외로 가족 여행을 다녀온 이야기가 어지럽게 나뒹군다 겨울 창문을 투과한 햇살은 맑고 따사로워서 잠시 봄꿈을 꾸나, 깜박 졸기도 했으려나, 수다는 끝없이 이어지고, 이 자리에 없는 무수한 이름들이 불려 왔다 퇴장하는 틈을 비집고 카톡, 알림창이 뜬다 영자네 엄마 돌아가심.

영자네 엄마, 영자네 아부지의 소를 닮은 쌍꺼풀 깊은 눈, 이제 가면 언제 오나 북망산천 멀다더니 여기가 바로 북망일세, 상엿소리 카랑한 영자네 아부지도 먼 길 떠났다는 걸 떠올린다 뭔가 이음새가 빠진 듯, 뜨개질 코가 빠진 듯 건성으로 맞장구를 치며 작별 인사를 하는데

골목 끝 돌을 들추고 숨겨 두었던 구슬, 감나무 밑에서 마늘을 까거나 나무새를 다듬던 젊은 엄마의 갸름한 어깨,

달밤이면 동네 처녀 총각들 휘파람 불며 왁자하던 발소리와 히득거리던 웃음소리들, 다 어디에 기록되어 있나, 이렇게 또 시간이 흐르면 이런 것들을 안간힘으로 떠올리는 나는 어디에 있을까나, 우리가 오후내 주고받은 말들은 어딘가 저장되어 있을까나 처음 온 세상인 듯 주변을 두리번거리는 데, 입춘 넘긴 하늘에 눈송이 몇 흩날린다

소멸을 바라보는 세 가지 방식

김남호(시인. 문학평론가)

1

시는 소멸을 노래한다. 소멸할 것을 노래하고, 소멸해 가
는 것을 노래하고, 소멸해 버린 것을 노래한다. 그러므로
시는 소멸의 장르다. 소멸하지 않는 혹은 소멸을 모르는 것
을 노래할 때조차도 그 전제는 소멸이다. 마치 밝음을 예찬
하는 자는 어둠을 뚫고 나온 자이듯이. 소멸을 노래하는 게
어디 시뿐일까. 모든 예술과 사상도 결국은 소멸에서 나오
지 않던가. 소멸이 두려워서 그림을 그리고, 노래를 부르
고, 철학을 하고, 술을 마시고, 연애를 한다. 우리는 소멸
하기 때문에 사람이고, 소멸하기 때문에 시인이고, 소멸하

기 때문에 비로소 눈물겹다.

김령의 시는 소멸을 정확히 조준하고 있다. 그러나 그의 총구는 파르르 떨고 있다. 그가 겨냥한 곳은 심장이기 때문이다. 왜냐하면 소멸의 거처는 심장이니까. 심장이 없는 곳에 소멸인들 있겠는가. 시는 소멸을 쫓고 소멸은 심장을 쫓는다. 그러므로 시는 심장에서 나온다. 정확히는 멎어가는 심장에서 나온다. "이미 유언도 다 마쳤으나" "죽음이 아직 오지 않은/ 그 틈새 같은 시간"에 시는 온다. "아주 안 오는 것은 아니어서/ 분명히 오기는 올 것이어서/ 이러지도 저러지도 못하는"(『여기』) 두려움과 안도 사이로 시는 온다.

시인이란 타인의 소멸을 보면서 동시에 나의 소멸을 보는 자이다. 그래서 좋은 시는 소멸로써 존재를 증명하고, 나의 실존을 확인한다. 이런 탓에 이 시집의 여는 시로 삼은 다음 시는 그 행간의 의미를 짐작하느라 다음 페이지로 넘어가는 데 꽤 시간이 걸린다.

벚나무 그늘 벤치
모르는 이가 앉아있다

의자 한쪽 조심스레
균형을 맞추듯 자리한다

고개 돌려 바라보고 싶지만
저울처럼 균형 잡힌 풍경

처음 만난 우리는 숨죽인 채

그녀는 하늘의 새를 보고
나는 잎을 흔드는 바람을 본다

그녀는 유모차의 아이를 보고
나는 유모차를 끄는 여인을 본다

부신 햇살이 다 사라질 때까지
저울의 양 끝

등 굽은 그녀 먼 눈빛으로 일어선다
몸속에 고인 수십 년 시간, 벤치 위로 쏟아진다

소녀들은 다 어디로 갔을까

—「꽃잎 떨어져 땅에 닿는 동안」 전문

　벚나무 그늘 아래 벤치가 있고 그 한쪽 끝에 모르는 한 여인이 앉아있다. 나는 시소처럼 균형이라도 잡는 듯이 본능적으로 그의 반대쪽 끝에 앉는다. 고개를 돌려 그를 바라보고 싶지만 그랬다간 왠지 균형이 깨지고 한쪽으로 쏠릴까봐 숨죽인 채 그와 같은 방향을 바라본다. 같은 방향을 볼 뿐 서로 다른 것을 본다. 그는 하늘의 새를 보고, 나는 잎을 흔드는 바람을 본다. 그는 유모차를 탄 아이를 보고, 난 그

유모차를 끄는 여인을 본다. 그러는 사이 날은 저물고 등 굽은 그 여인은 먼 눈빛으로 일어선다. 몸속에 고인 수십 년의 시간이 벤치 위로 쏟아진다. 시간으로 충만했던 소녀들은 다 어디로 갔는가. 여기까지가 평면적으로 읽은 일차적인 이해다. 일차적인 이해만으로도 이 시는 충분히 아름답다. 하지만 여기서 한 걸음 더 들어가 보자.

벚꽃잎이 떨어지는 벤치에 모르는 이가 앉아있다. 모른다는 것은 아직 만난 적이 없거나 알고 싶지 않다는 것. 여기서는 둘 다라고 봐야겠다. 이미 눈치챘겠지만 그녀는 미래의 나이기 때문이다. '현재의 나'와 '미래의 나'가 벚꽃 그늘 아래 잠시 앉아서 말없이 뭔가를 응시하다가 헤어지는 상황. 등이 굽은 미래의 나는 물끄러미 하늘의 새를 보고, 지금의 나는 잎을 흔들고 있는 바람을 본다. 이어서 그는 유모차의 아이를 보고, 나는 유모차를 끄는 여인을 본다.

무엇을 물끄러미 바라본다는 것은 그것에 대한 그리움과 아쉬움의 비언어적 누설이 아닌가. 그렇다면 노후의 나는 비상飛翔하는 새의 활기와 자유로움이, 현재의 나는 잎을 흔드는 바람의 유혹과 설렘이 그리운 게 아닐까. 그리고 미래의 나는 아이를 통해서 다음 생의 아득함을 보고, 현재의 나는 아이의 엄마를 통해 이번 생의 고단함을 본 게 아닐까. 하지만 그리움이든 아쉬움이든 부재不在로 말미암은 것일 테니, 이미 시간 속으로 소멸해 버린 "소녀들"의 행방을 묻는 시인의 회한은 무직하게 아프다.

이 시를 제목과 연관 지어 말하자면, 꽃잎이 꽃송이에서 떨어져 나와 허공을 비행하며 선회하다가 땅에 닿는 그 시간이 결국 우리 생이라는 거다. 시간이 충만할 때를 소녀라고 부르고 시간이 빠져나가 버렸을 때를 노인이라고 부른다면, 현재의 나와 미래의 나를 양 끝에 올려둔 저울의 눈금은 서서히 움직일 것이다. 저울이란 본디 객관으로 위장한 철저한 주관이어서 지금의 나를 계량할 뿐이다.

시간을 다 쏟아버린 노인이 일어서자 시간이 충만했던 소녀도 보이지 않는다. 나는 떨어져 내리는 꽃잎을 바라보듯이 모래시계처럼 내게서 빠져나가는 시간을 속수무책 바라본다. 소멸이란 이런 것이다. 이 시를 시집의 맨 앞에 배치한 뜻은, 아마도 이 시집을 통해서 소멸의 허무함과 애잔함에 대해서, 그리고 그것을 견디고 넘어서려는 안간힘에 대해서 말하고자 한 게 아니었을까.

2

이 시집을 통해 시인이 보여 주는 소멸은 크게 세 가지로 정리해 볼 수 있겠다. 하나는 인식의 자동화에서 기인하는 존재감의 상실―즉 '인식적 소멸'이고, 다른 하나는 역할의 종료에서 기인하는 가치의 상실―즉 '사회적 소멸'이며, 나머지 하나는 생물학적 죽음으로써 완성되는 '육체적 소멸'이다. 이 셋은 서로 연동하면서 소멸의 의미를 생성하고 소멸하는 존재에 대한 가치를 창출한다. 이 짧은 글은 소멸에 대해 사유하고 궁구하기보다 김령의 시에 드러난 소멸의 의미와 가치를 확인하는 데 그 의의를 두고자 한다.

집 안으로 들어서는데 딸깍, 걸리는 소리와 함께 문이 사라졌어요, 호흡이 가빠졌어요

출구를 만들고 문을 열면 순식간에 벽으로 변해 버리는 삶, 안에서도 밖에서도 열지 못하는 문, 사람들은 16층 3라인에 내가 갇혀있다는 걸 알게 될까요, 나를 기억할까요?

신문을 봅니다 이제 겨우 두 시간이 지났군요 언제 올지 모르는 식구들, 이러다가 수분을 다 빼앗겨 나는 박제가 되는 게 아닐까요, 한 번씩 문이었던 벽을 밀어봅니다 꿈쩍도 않습니다

사람들은 날 잊은 걸까요? 청소기를 돌립니다 다섯 시간이 지났군요 나뭇잎 사이, 바람이 잠시 머물다 새의 등을 타고 떠나갑니다

열 시간이 지나고 식구들은 문을 만들었습니다 반갑게 다가갔으나 식구들은 나를 알아보지 못합니다

어쩌면 나는 현관의 손잡이거나 자전거의 안장이거나, 누군가의 신발이 아니었을까

―「문」 전문

익히 알다시피 문門은 오래된 상징이다. 문은 출구이면서 입구이고, 탈출이면서 감금이고, 희망이면서 절망이다. 두 얼굴을 가진 야누스Janus는 곧 문의 신화적 형상이 아니던 가. 일상의 반복으로 권태와 타성의 각질이 굳어진 채 존재 감은 사라지고 인식은 희미해진 중년의 주부에게 문은 고유한 이중성을 상실하고 하나의 기능만 수행한다. 그것도 부정적인 기능만. 안에서도 밖에서도 열지 못하는 문은 이미 문이 아니다. 이때의 문은 벽이다.

집 안으로 들어서자마자 문은 자동으로 잠기고, 나는 벽속에 감금된다. 사람들은 내가 16층 3라인에 갇혀있다는 걸 모른다. 신문을 보는 건 바깥세상이 궁금해서가 아니라 내가 바깥으로부터 단절돼 있다는 걸 확인하는 묵은 습관이다. 할 수 있는 일이라곤 내가 살아있음을 확인해 줄 식구들을 기다리는 일뿐. 식구들의 귀가를 기다리며 청소를 하고, 창밖의 바람을 본다. 그러면서 나는 서서히 박제돼 간다. 퇴근 시간이 지나고 식구들이 문을 만들고 들어온다. 나는 반갑게 다가가지만 그들은 나를 알아보지 못한다. 인식할 수 없다는 건 주위 환경과 구분할 수 없다는 것. 나는 이미 "현관의 손잡이"이거나 "자전거의 안장" 혹은 "누군가의 신발"로 집 안 풍경의 일부가 되고 만 것이다.

모든 소멸이 다 허무하고 우울하겠지만 특히 인식적 소멸의 궁극은 내가 나를 소멸시킨다는 점에서 공포에 가깝다. 남이 나를 인식하지 못하는 걸 넘어서 내가 나를 인식하지 못하는 치매적 상황이 주는 공포 말이다.

자고 일어났는데 내 얼굴이 기억나지 않는다

욕실로 달려가 거울을 보았다 아까와 같은 얼굴인지 확신이 서지 않는다 최대한 정확하게 눈, 코, 입이 있는 자리에 알아보기 쉽게 표시를 한다 좀 더 친숙해 보이지만 확신은 금물!

만나는 사람마다 얼굴을 들이밀고 혹시 나를 아시나요, 물어보려는데 거울 속 얼굴이 낯설다 이 얼굴로 하루를 지내는 수밖에

아침에 눈을 뜨고 찬찬히 어제의 얼굴을 생각해 본다 어제의 얼굴이 기억나지 않는다

저들도 자기 얼굴을 잊어버린 게 아닐까?

전략을 바꾸어 슬픈 표정으로 다가간다 그는 슬픈 표정으로 공감하지만 내 질문을 들어줄 마음은 없다 다음 날은 화난 표정으로 그 다음 날은 무심한 표정의 얼굴로 바뀌지만 누구에게도 묻지 못한다

자고 일어나면 내 얼굴이 생각날지 몰라

—「관계」 전문

이 시를 산문으로 옮겨 보자. 아침에 내 얼굴이 기억나지 않는다. 욕실의 거울에 비친 나는 무척 낯설다. 어제의 얼굴인지, 심지어 아까의 얼굴과 같은 얼굴인지조차 확신할 수가 없다. 나의 동일성은 중대한 도전을 받는다. 불편하지만 오늘은 거울 속의 저 얼굴로 지내는 수밖에 없다. 다음 날 아침, 눈을 뜨고 찬찬히 어제 얼굴을 떠올려본다. 도무지 기억이 나지 않는다. 거울 속의 저 얼굴도 어제의 얼굴을 잊어버린 게 아닐까 의심한다. 마음을 바꾸어 거울 앞에서 슬픈 표정을 지어본다. 거울 속의 나도 슬픈 표정으로 공감해 주지만 내 불안을 달래줄 마음은 없어 보인다. 다음 날은 화난 표정으로, 다음 날은 무심한 표정으로 나를 연기하지만 처음의 얼굴은 기억할 수가 없다. 자고 나면 기억날까 기대해 보지만 난망하다.

그런데 이 시의 제목은 "관계"이다. 관계란 주체가 대상을 인식할 때 성립하는 것. 하지만 내가 나조차 알아보지 못하는, 불안하고 유동하는 주체가 "관계" 맺기란 불가능하다. 한마디로 이 시는 지독한 역설이다. 소멸消滅이란 사라져서 없어지는 걸 말하지만, 더 정확히는 그것이 존재했었다는 사실마저도 인식하지 못하는 상태이다. 이 시가 비극적이고 절망적인 것은 소환 불가능함을 넘어 지금의 얼굴을 처음의 얼굴로 인식해 버리는 상황의 악화를 예고하기 때문이다.

3

달라져 버린 주체가 맺는 달라진 관계를 우리는 '파국破
局'이라고 하고, 파국으로 치닫는 관계들이 내지르는 불협
화음을 우리는 '지옥'이라고 한다. 가장 평화롭고 충만해야
할 가정에서, 가장 사랑하고 헌신했던 가족으로부터 잊히
는 존재의 절망감. '아낌없이 주고 남김없이 죽이는 곳'(김언
희)이 가정이라고 했던가. 천국이 지옥으로 바뀌는 건 한순
간이다. 마음과 마음이 닿아서 천국을 이루었다면 아이러
니하게도 지옥의 입구는 바로 그 천국이 만들어졌던 마음의
접촉면에서부터 시작된다.

마음이 닿는 순간

부패는 시작되지, 아무리 멀리 있어도

서로 닿는 곳부터 썩는 사과처럼

마음을 어디에 두나

겨울나무의 빈 가지 끝

지나는 새의 부리나 닦고 가도록

바람에나 흔들리며 말라가도록

—「사과의 안쪽」 전문

서로 닿는 부위부터 거뭇거뭇 썩어가는 사과처럼 사람의 마음도 닿는 순간 부패되기 시작한다. 물리적 거리의 문제가 아니다. 아무리 떼어놓아도 마음이 닿는 순간 썩기 시작한다. 썩는다는 건 사랑이 식는다는 것. 사랑이 식는다는 건 환상이 사라지고 환멸이 온다는 것. 환멸이란 네가 고작 하나의 썩은 사과로 보인다는 것. 썩은 사과는 결국 버리게 된다는 것!

안 썩으려면? 누구의 마음도 닿지 못하게 마음을 겨울나무의 빈 가지 끝에나 걸어둘밖에. 그래서 지나가는 새가 부리나 닦고 가게 하고, 바람에 흔들리며 말라가게 하는 것. 그러나 묻지 않을 수가 없다. 차가운 겨울나무의 가지 끝에 매달려서 말라가는 사과가 곁을 내어준 대가로 썩어가는 사과보다 나은가? 정녕 박제가 소멸보다 아름다운가? 여기 스스로 자신의 온 마음을 접촉면으로 만들어서 기꺼이 증발해 버린 아름다운 소멸이 있다.

신천댁이 사라졌다

사흘 전까지 웃으며 고기도 드시고
아무런 조짐이 없었다고 하지만
십수 년 전 영감이 사라지고 나서

아니 그 이전 고물고물한 아이들의 젊은 엄마일 때
설거지물을 텃밭에 뿌리러 나올 때면
가끔씩 검은 머리와 눈썹이 흐릿해지는 것을 보았다
그러다가 일곱이나 되는 아이들과 그 친구들
대청마루에 북적일 때면 단박에
선명한 색으로 돌아오곤 했다

그 간격이 너무 멀어 처음엔 눈치채지 못했지만
새날을 헐어낼수록 새 밤을 흘려보낼수록
온몸의 빛깔이 옅어지기 시작했다
홀로 빈집에서 벽 속으로 스며들었다가
마당 들어서며 부르면 느릿느릿 걸어 나오곤 했다

형체가 사라지고 실루엣으로만 보이는 날이 늘어갔다
명절이나 휴가철 자식들 들르는 날엔
온전한 모습으로 돌아와 지내다가
옷감의 물이 빠지듯 온몸의 색이 바랬다
벽 속으로 사라지는 날이 잦아지고
옅은 회색빛을 띠다가 허공에서 불쑥
한 팔이 솟아나곤 했다

일 년 전 작은딸이 부산으로 모셔 갔을 때
실루엣만이 따라갔다가 한참 후
겨우겨우 뒤따라갔다는 이야기도 들렸다

다시 고향 집 돌아와 한 달 후

신천댁 벽 속으로 들어가 나오지 않았다

—「실종」 전문

"신천댁이 사라졌다"라는 이 짤막한 문장 하나가 시 전체
를 들었다 놓는다. 이 문장은 단순한 사실의 보고報告이기도
하고, 약간은 짠한 기별奇別이기도 하고, 한 존재의 소멸을
고지하는 부고訃告이기도 하다. 그만큼 신천댁이 안 보인다
는 건 중대한 사건이자 사고이다. 시는 사건의 원인을 찾아
역추적하는 다큐의 형식을 취한다.

"영감이 사라지고 나서" 아니 그보다 먼저 "고물고물한
아이들의 젊은 엄마일 때"부터 "가끔씩 검은 머리와 눈썹
이 흐릿해지는" 징조를 보였다고 한다. "그러다가 일곱이
나 되는 아이들과 그 친구들/ 대청마루에 북적일 때면 단박
에/ 선명한 색으로 돌아오곤 했다"고 한다. 이게 무슨 뜻일
까. 그가 아내로서 혹은 엄마로서 자신의 소임과 역할이 선
명할 때는 존재가 빛났다가 남편 죽고, 자식들 대처로 떠
나고 나서 그의 역할이 사라지자 존재감은 눈에 띄게 미약
해졌다는 거다.

따라서 "명절이나 휴가철 자식들 들르는 날엔/ 온전한 모
습으로 돌아와 지내다가/ 옷감의 물이 빠지듯 온몸의 색이
바랬다/ 벽 속으로 사라지는 날이 잦아지고/ 옅은 회색빛
을 띠다가 허공에서 불쑥/ 한 팔이 솟아나곤 했다"는 이 초

현실적인 상황의 묘사는 결코 '초超-현실現實'이 아니다. 오히려 가장 핍진한 현실이다. 역할이 사라지면 가치가 사라지고, 가치가 사라지면 존재가 사라지는 건 하등 이상할 게 없기 때문이다.

가족들에게 아낌없이 자신의 곁을 다 주어버린 존재는 "일 년 전 작은딸이 부산으로 모셔 갔을 때/ 실루엣만이 따라갔다가 한참 후/ 겨우겨우 뒤따라"간다. 그러나 이미 육신의 기능이 다해 가는 노구에 빛나는 역할이 주어질 리 없었을 터. "다시 고향 집 돌아와 한 달 후" 신천댁은 "벽 속으로 들어가 나오지 않았다"고 한다. 자신의 모든 것을 준 존재는 결코 소멸을 두려워하지도 피하지도 않는다. 모든 소멸이 다 비극적이고 절망적인 건 아니라는 걸, 소멸함으로써 더욱 빛나는 존재도 있다는 걸 시인은 이 시를 통해 번쩍 들어 보인다.

여기서 잠깐 눈여겨볼 것은 시인의 스토리텔러로서의 입담과 잘 다듬어진 문장이다. 짧지 않은 시 전문을 그대로 인용한 까닭은 스토리도 구성지고 감동적이지만 잘 짜인 언어의 구조물을 헐고 싶지 않아서다. 김령의 시는 대체로 긴 편인데도 섬세하고 정밀하다. 그는 논리도 비유도 비약도 딱 그만큼, 더하면 과해지고 덜하면 미흡해지는 그 지점을 정확히 알고 있는 시인이다. 그래서 시가 길어도 집중력이 떨어지지 않고, 산문시에서도 시적 긴장감이 훼손되지 않는다.

다시 소멸에 대해서 이야기하자. 누구든 소멸을 원하는

사람은 없다. 인식적이든, 사회적이든, 육체적이든 잊히거
나 묻히거나 죽고 싶은 사람이 있겠는가. 그래서 우리는 권
력을 탐하고 명예를 욕망하고 영생을 갈구한다. 하지만 소
멸하지 않는 것은 없다는 것 또한 우리는 잘 안다. 알지만
그 욕망들을 지혜롭게 다스리지는 못한다. 그것들을 지혜
롭게 다스리는 자를 일러 우리는 '현자賢者'라고 한다. 다음
시는 '어리석은 현자'의 이야기다.

> 죽을 돈을 헐었다
> 매달 십만 원씩 꼬박꼬박 붓던 적금
> 닭의 종아리처럼 가파르고 앙상한 다리
> 종종걸음으로 늘 허공에 떠있던 발뒤꿈치
> 겨우내 엄마의 잠 대신 늘어가던 숫자
> 김 공장은 그만 다니세요 무릎 아픈데
> 취나물은 그만하세요, 만류에도
> 통장의 개수 줄지 않았다
> 닳아지는 무릎뼈만큼 늘어나는 제목의 돈
>
> 가끔씩 집으로 가는 길을 헤맨다
> 순식간에 수십 년 길 잘라내기도 한다
> 길을 헤매는 동안에도
> 죽을 돈 해야 한다고 곤드레를 심는다
> 갈 때 자식들한테 짐은 안 돼야지
> 날 보러 오는 사람들 밥 한 그릇은

내 손으로 대접해야지 하던 어머니의 통장

큰아들 장가 밑천으로 헐렸다

아, 이제 괜찮을 것이다 앞으로 십 년은

죽을 돈이 없어서 어머니 괜찮을 것이다

—「죽을 돈」 전문

"죽을 돈"이란 장례비다. 자본주의 시대는 죽는 데도 돈이 필요하다. "갈 때 자식들한테 짐" 될까 봐, 마지막으로 "날 보러 오는 사람들 밥 한 그릇은/ 내 손으로 대접"하고 싶어서 장례 비용을 손수 마련하기 위해 김 공장도 다니고, 취나물도 하고, 곤드레도 심는다. 그런데 그 돈을 큰아들 장가 밑천으로 헐고 말았다. 죽을 돈이 모자라니 당분간은 죽을 수도 없게 된 거다. 돈이 모자라 죽지 못한다는 이 블랙코미디 같은 상황은 우리에게 많은 것을 시사한다.

자본주의 시대의 자본은 권력과 욕망을 위해 복무한다. 그런데 지금 이 "죽을 돈"은 인간으로서 마지막 품위 유지를 위해 요긴하다. 시인은 말한다. "아, 이제 괜찮을 것이다 앞으로 십 년은/ 죽을 돈이 없어서 어머니 괜찮을 것이다". 돈이 없어 죽지 못한다는 이 우화寓話 속 "엄마"는 현자賢者를 넘어 차라리 성자聖者에 가깝다. 욕망을 제어하여 소멸을 아름답게 만드는 자가 '현자'라면, 소멸조차도 존재의 한 방식으로 기꺼이 받아들이는 자는 '성자'일 테니까.

4

'생로병사'로 요약되는 우리의 생은 '생/로/병/사'에 골고루 방점이 찍히지 않는다. '사死'가 너무도 크게 인식되어서 '생/로/병'은 '사'에 짓눌린 형국이다. 오로지 죽음과 싸우기 위해 태어나는 꼴이다. 신神이 사라진 자본주의의 시대는 물질적 욕망만이 세계를 유지하는 동력이기 때문이고, 죽음으로 구체화되는 소멸은 이 모든 욕망이 단절되는 지점이라고 보는 탓이다. 그러니 가장 두려운 신은 곧 소멸인 셈이다.

누구나 잊히고, 사라지고, 소멸한다. 하지만 있어도 보이지 않는 '인식적 소멸'은 죽음보다 비참하고, 살아있어도 희미해지는 '사회적 소멸'은 '움직이는 미라'로서 인간을 대하게 할 뿐이다. 그리고 '육체적 소멸'로서의 죽음은 이 모든 것을 흡수해 버리는 '블랙홀'이다. 그러나 소멸이 결코 '끝'이 아니라는 것을 누군가는 말해야 한다. 그러지 않으면 우리는 죽음의 노예에서 벗어날 길이 없지 않은가. 하이데거가 재차 인용해서 더욱 설득력을 얻었던 횔덜린의 저 유명한 물음 "신이 부재한 시대에 시인의 몫은 무엇인가?"를 떠올려보는 일은 이 대목에서 종요롭다. 하여 시인이라면 이 자본주의의 한복판에서 어떻게 천박함을 견디고 인간의 품위를 탈환할 것인지 진지하게 고민해야 마땅하다.

지금까지 '소멸'을 키워드로 김령의 시집을 읽었지만, 한 권의 시집을 하나의 주제나 키워드로 꿰어서 읽는 일은 오독과 편견마저 불사하는 폭력일 수밖에 없다. 이 시집은 어쩌면 '소멸'의 바깥이 더 다채롭고 풍요로울 수 있는 시집이다. 이를테면, "어찌 알 수 있으랴/ 지금 이 삶이/ 이미 지우고 다시 쓰는 생인지"(『Del』) 같은 구절에서는 멈칫하게 되고, "빗줄기 틈은 미로처럼 복잡해서 맹세를 숨겨 두기 좋았다"(『봄비 내리는 사이』) 같은 구절에는 밑줄을 긋고 싶다. 시험 앞둔 자식에게 고기를 구워주며 "고기 한 점마다/ 먹이사슬 꼭대기에 오르길 바라"(『간절기』)는 어미의 마음에서는 세속적 욕망의 숭고함을 느끼게 되고, "불을 끄지 못하고 잠든 밤/ 밤눈 어둔 신, 나를 찾을까요"(『못줄의 매듭 같은 시간이 풀리면』) 같은 시를 읽으면 가슴이 저리다.

그리고 "나는 죽어서 아름다운 여인이 되었다/ 꿈속에서도 만족해하며/전생을 한 번도 떠올리지 않았다"(『어떤 돌은 밤에 웃는다』) 같은 시를 만나면 피식 웃게 된다. 다음 시는 이렇게 피식피식 웃으면서 읽다가 정신이 번쩍 들게 되는 작품이다. 시인의 탯말로 기록된 이 시는 '고마움' 대신 '뻔뻔함'이 일상의 표정이 된 '복지 시대'의 민낯을 반성하게 하는 절창이다. 나날이 소멸과 사투를 벌이며 살아가는 자본주의 시대에 정작 우리가 사투를 벌여야 할 대상은 무엇인지, 그래서 그것들로부터 지켜내야 할 것은 무엇인지 생각하게 하는 이 시를 이 글의 입가심용으로 권하며 마무리하려 한다. 소멸을 직시하고 그것에 저항하려는 시인의 다부진 첫 시집이 썩 미더웠다는 말을 덧붙이면서.

아이고 보험회사요? 아 긍께 올사말고 깨가 잘돼서 샘 우게 밭에서 니아까에다 깨를 싣고 내려오다 거가 비탈져 서 다리에 힘이 없응께 좀 찍었단 말이요 그때는 그리 어채 안 아퍼서 전딜 만했는디, 담날부터 영 아퍼서 읍내로 침 맞으러 댕김시롱 말 안 할라고 했는디, 나중에는 화장실도 못가고 기어 댕겨서 동네 사람이 큰딸한테 전화를 해서 병 원에 안 갔소 애들이 하도 일하지 말라고 해서 일하다 다 쳤다고 하면 또 뭐라 해쌀까 시퍼서 첨에 니아까에서 다쳤 단 말을 안 했지라 근디 척추뼈가 부러졌다 안 하요 수술하 고 살 만해져서 딴 병원 옮겼는디 간호사가 물어봉께 걍 니 아까에 찍었단 말을 했등마 보험회사서 돈이 나온다 안 허 요 이백 몇십만 원이 나온다고라? 아이고 미안해서 어차끄 나 저번에도 물팍 수술해서 또 돈을 많이 받었는디 미안해 서, 글지 말고 주소라도 좀 불러주시오 나가 줄 건 없고 깨 라도 한 두어 되 볶아서 보내줄랑게 사 먹는 거하고는 다르 제 아 그라지 말고 불러주씨요 돈 받은 것도 아니고 어찰랍 디여 정인디, 나가 미안해서 안 그요 쩌번에도 받었는디 또 어채 염치가 없이 타끄요? 어디 산지도 모르고 갖다줄 수 도 없고 어차까잉?

―「깨 두어 되」 전문